너의 빛이 되고 싶다

나답게 사는 시 001

너의 빛이 되고 싶다

지은이 | 김후란
펴낸이 | 一庚 張少任
펴낸곳 | 돌쇠 답게
초판 인쇄 | 2021년 9월 20일
초판 발행 | 2021년 9월 25일
등 록 | 1990년 2월 28일, 제 21-140호
주 소 | 04975 서울특별시 광진구 천호대로 698 진달래빌딩 502호
전 화 | (편집) 02)469-0464, 02)462-0464
        (영업) 02)463-0464, 02)498-0464
팩 스 | 02)498-0463
홈페이지 | www.dapgae.co.kr
e-mail | dapgae@gmail.com, dapgae@korea.com
ISBN 978-89-7574-336-8
ⓒ 2021, 김후란
나답게·우리답게·책답게

너의 빛이 되고 싶다

김후란 시집

도서출판 **답게**

김후란

1960년 '현대문학'지로 등단

*시집: '장도와 장미', '어떤 파도', '눈의 나라 시민이 되어',
　　　'따뜻한 가족' '세종대왕' '그 별 우리 가슴에 빛나고'
　　　등 14권

*수상: 한국문학상, PEN문학상, 한국시협상, 공초문학상 등

현재: 자연을 사랑하는 문학의 집. 서울 이사장

2부 자화상

3부 아직

시詩를 사랑하는 그대에게

시는 가장 적은 말로 크고 깊은 세계를 열어 보이는 문학이다.

문학은 정서적인 감성의 주인공에게 삶의 질을 더욱 높여주고 인생을 한층 향기롭게 해주는 꽃봉오리. 그로써 미세한 삶의 자락에서도 큰 생명력을 느끼고 일상의 눈으로는 보지 못했던 것에서도 존재의 실체와 가치를 실감한다.

정녕 시가 갖는 매력은 바닷가 기슭에 물살이 밀물지듯 읽는 이의 가슴에 어떤 울림을 안겨주는 것, 마치 사랑에 눈떴을 때 세상이 한층 아름다워지듯이 시를 통해서 새삼 생명의 소중함을 재인식하는 기쁨이 된다.

그렇게 문학작품들을 통해서 인생의 다양한 삶의 길을 이해하고 위로를 받고 용기를 얻기도 한다면 이것이 바로 문학치유라 할 것이다.

나는 그동안 14권의 시집을 출간했다. 그때마다 독자들과의 교감에 행복했다. 이번 시집 독자들과도 그렇게 정겨운 인사를 나누고 싶다.

답게출판사 장소님사장께서 '나답게 사는 시' 시리즈를 기획한 의도에 공감하면서 시집을 펼쳐든 그대 가슴에 그윽한 빛을 안겨주고 싶다.

2021년 가을날에

김후란

1부 나답게 사는 시詩

너의 빛이 되고 싶다

빛나는 게 어디 햇살뿐이랴

침묵의 얼음 밑에 흐르는 물
저 벗은 나무에도
노래가 꿈틀거리듯

보이지 않는 곳 어디에서나
생명은 모두
제 몫의 아름다움으로 빛난다

빛나는 건 어딘가로 번져가는 것
무지개 환상 펼쳐가는 것

이 마음 열어주려
가슴에 흰 깃 눈부시게 날아든
까치처럼

나도 기쁜 소식 전해주는
너의 빛이 되고 싶다
이 아침에

종소리

오늘 떠나보낸 이 종소리가
그대 가슴에 안기기까지
얼마나 걸릴까

서로를 원하면서도
서로를 지나쳐
어딘지 모를 곳으로 간다면
산 너머 나무숲에 잠겨버린다면

미래는 이미
활을 떠난 화살

함께 물에 들어가도
젖지 않는 그림자처럼
종소리 나를 끌고
떨리는 목소리로
그대 가슴에 묻힐 수 있다면

별빛은 그곳에

오늘 밤 별빛이 떨고 있다
어딘가로 가고 있는
나도 떨고 있다

그 하루가
그 한해가
추억을 만들며 살아가는 길

스쳐 지나간 누군가의 얼굴도
목소리도 옷깃 냄새도
지금은 지나간 바람이다

그러나 세상은
내일도 빛날 것이다
사랑하는 사람들이 모여 사는
작은 마을

별빛은 그곳에 머문다

어둠은 별들의 빛남을 위하여

어둠은 별들의 빛남을 위하여
더욱 짙은 어둠으로 침묵한다

밤은 어디로부터 와서
어느 깊이로 잠드는가

별빛 눈부신 밤
흐르는 것의 멈춤이 있음을 생각하며

별들 몸짓 사이로
깊이 모를 꿈을 가늠해 본다

오늘은 나도 누군가를 위하여
끝없이 먹빛으로 잠기고 싶다

사랑

집을 짓기로 하면
너와 나
둘이 살
작은 집 한 채 짓기로 하면

별의 나라 바라볼
창
꽃나무 심어 가꿀
뜰

있으면 좋고
없어도 좋고

네 눈 속에 빛나는
사랑만 있다면
둘이 손잡고 들어앉을
가슴만 있다면

오늘을

높게 더욱 높게
낮게 더욱 낮게

남길 것은 남기고
구기지 않게

잊을 것은 잊고
시들지 않게

버릴 것은 버리고
쌓이지 않게

나를 세우고
너를 세우고

세상을 바르게
뜨겁고 아프게

비밀의 숲

나는 파도의 옷자락을 끌고
이 숲으로 왔다
변화를 기다리는 생명들이 있었다
바위조차 숨죽이고 기다렸다

푸른 잎새들 이마에
천국의 새들이 모여들고
들꽃을 피우려고 비를 기다리던 산자락에
바다가 입을 맞춘다

겹겹 옷 입은 산 황홀하여라
비밀의 숲은
깊이를 알 수 없는 안개 속에서
어린 나무들과 키 큰 나무들의 숨소리에
저 소리꾼의 진양조 가락이 울린다

눈부셔라
언제나 새롭게 태어나면서
아침 햇살에 비늘 번득이는 바다처럼
산은 살아 있다 청렬하고 푸근하다

신神이 만든 숲이다 나를 끌어안는다
나는 영혼의 긴 그림자를 끌고
천천히 걸어간다

신비롭다

무심히 지나갈 때
머리카락 날리는 바람
살아있음을 느낀다

저기 말없이 서있는
나무줄기 속으로
솟구치는 힘이 있듯이
잠 자면서 아기가 쑥쑥 자라듯이

우리 몸에 쉬임없이 피가 돌고
가슴엔 황홀한 꿈이 있어
팽팽한 생명의 몸짓들
신비롭다

보이지 않는 손에 이끌려
그렇게 살아가는 모든 것이
그저 놀라울 뿐
그저 고마울 뿐

너무 먼 그대
-코로나19의 위협 속에서

너와 나의 거리가
이렇게 멀어질 줄 몰랐다
우리의 만남을 가로막는 횡포
마스크로 손길로 찢어놓은 이 시간
고통의 바다가 출렁인다

지금 우리에게 절실한 건
사람과 사람 사이 정겨운 교감
맑은 시냇물이
가슴 속에 흐르는 일

코로나19의 위협 속에
온 세계가 떨고 있다
어서 깨어나고 싶다
이제 고통의 침묵을 깨고
향긋한 꽃다발 희망의 메시지
미소 띤 그대에게 건네고 싶다

바다에 비 내리네

바다에 비 내리네
푸른 언어로 빛나던 바다
오늘은 잿빛으로
저리 큰 눈 가득
눈물 고인 바다

파도치는 바다
저 무한대의 가슴에
정녕 잊을 수 없는
우리의 이야기 출렁이는데

떠나보내지 못한 그대의
잠긴 목소리
물무늬로 번지네
내 가슴에 비가 내리네

어느 새벽길

안개 짙은
새벽길을 걷는다
함께 가는 우리 두 사람과
한옆으로 지나가는 자동차와
잠 덜 깬 집들이
천천히 밀려간다
가장 가까이 서로를 느끼며
환상의 길에서
떨어지지 않으려고 손을 잡고
걸어간다 우리는
세상의 안개 속을 꿈속처럼

가족

거치른 밤
매운 바람의 지문이
유리창에 가득하다
오늘도 세상의 알프스 산에서
얼음꽃을 먹고
무너진 돌담길 고쳐 쌓으며
힘겨웠던 사람들
그러나 돌아갈 곳이 있다
비탈길에 작은 풀꽃이
줄지어 피어있다
멀리서 가까이서
돌아올 가족의 발자국 소리가
피아니시모로 울릴 때
집안에 감도는 훈훈함
기다리는 사람이 있다

2부. 자화상

존재의 빛

새벽별을 지켜본다

사람들아
서로 기댈 어깨가 그립구나

적막한 이 시간
깨끗한 돌계단 틈에
어쩌다 작은 풀꽃
놀라움이듯

하나의 목숨
존재의 빛
모든 생의 몸짓이
소중하구나

자화상自畫像

바람 불어도
눕지 않는
세엽풍란細葉風蘭

그러나 문득 노을빛에
속눈썹 적시는
정 많은
노래 가슴

어머니 꽃

무슨 꽃일까
송이 송이 이 가슴에 피어나
잠들 때 소리 없이
함께 눕는 꽃

속눈썹엔 눈물진주
그리움이 묻어나
부드럽고 포근한
무명 옷자락

오월은 어머니의 질박한 손
상처 많은 가슴에 문지르며
열 번 스무 번 부르고만 싶은
어머니
어머니
어머니 꽃 피네

석굴암 부처님

흙을 빚듯 돌을 만져
비단결 살빛 부드럽게 흐르고
천년 눈부신 미소
깊은 생각에 잠긴 저 손

새벽 첫 햇살 이마에 꽂히면
안으로 울리는 속 깊은 소리

두려워라 석굴암 부처님
이렇듯 가까이서
만백성 어여삐 여기심
긍휼의 깊은 뜻 새겨 듣네

살아있는 기쁨

세상이 아무리 넓다 해도
우주가 아무리 크다 해도
나 없으면 불은 꺼지고
나 없으면 모든 빛 눈을 감는다

살아있다는 건 얼마나 고마운 일인가
풀벌레 우는 소리 담 넘어 울리고
새벽이면 긴 팔 뻗어
내 어깨 흔드는 햇살

소중하여라 오늘도
나를 일으켜 세우는 힘
신비하여라 흐르는 세월의 강물
기다림을 입에 물고 쳐다보는
내일 모레 글피
또다시 내일 모레 글피
우주는 청순한 부챗살로 열린다

시간의 그물

누가 짠 그물일까
끝이 없는 시간의 그물
투박함과 정교함이 어울어져
빛깔도 현란하게 뒤척인다

소리없이 흘러가는 시간
그물에 걸리는
모래를 털어내고
허울 좋은 장식도 버리고
끝내 바람만이 드나든다

누구의 눈물일까
햇살에 찔려
스러져 갈 이슬이
매달려 있다

풀꽃처럼

저 맑은 하늘에
마음 놓고 안겨가는
산처럼

뿌리 든든히
노래하는
나무처럼

숲 그늘에
조그맣게 빛나는
풀꽃처럼

그렇게 살고 가는
고운 생이고 싶다

비 오는 날의 단상斷想

그날
실비를 맞으며 걸었다
빗방울이 가슴 속으로
뛰어들었다

동글동글한 웃음소리가
내 입에서 튀어나왔다

조급하고 아팠던 감정들이
사그러지면서
내일이 보이기 시작했다
이제는 웃음만이 있을 것같은 예감

비는 멀리서 달려와
내게 부딪쳐 기대는
누군가의 귀여운 투정이다

바람으로 오라

저 나무 잔가지가
춤을 춘다
바람의 장난이다

오늘은 이 마음도 산란하다
흔들림이 있다는 건
살아있음의 증거
하면 차라리 태풍으로 오라

모든 것은 사라진다
사라지기에 서로의 손길
느끼고 싶다

새 생명, 비

비는 멀리서 오는
손님이다

낮은 곳으로
낮은 마음으로
모든 이의 가슴에
젖어드는 눈짓이다

거칠게 혹은 부드럽게
기다리던 대지에
몸을 던져
빛을 쏘고

새 생명을 틔우는
희망의 원자原子다

추억

그날 나는 옛 학교
낡은 교실을 찾았다
사람은 이동하며 살아가고
거쳐가는 곳에
남기고 가는 흔적이 있다

풍금이 있던 자리에서
은은히 풍금 소리가 들린다
책상 모서리에 새긴
내 짝꿍 이름이 보인다
심심풀이로 새겼던 그 이름
가슴이 저릿해온다

떨어져 흩어진 낙엽같이
사라진 얼굴들 다 어디로 갔나
창틀에 고인 먼지도
그리운 추억이다

누구를 위해 피었나

한없이 걷고 싶은 날이 있다
생각에 잠겨
침묵의 대지에
조그만 발자국 찍으며

세상은 넓고 아득해라
팽창하는 큰 세계에
내 한 몸 기댈 곳 어디인가

문득 길섶에 홀로 어여쁜
아기 손톱만한 들꽃을 보았네
절로 피어나는 미소

가만히 묻고 싶었네
너 누구를 위해 피었는가, 고

3부. 아직

바다는 청년이다

청정한 기운 넘치는
바다는 청년이다

떠오르는 태양
황금빛 비늘 번득이는
그 품이 얼마나 큰지
실팍한 어깨 얼마나 넓은지

운명의 끈 놓지않고
미물까지도 품어 키우는
속 깊은 바다
생명 이끄는 힘

출발은
미래를 약속하면서
푸른 기상 가슴 뜨거운 노래
멀리 멀리 번져간다

평화가 그립다

어둠 속에 눈을 뜬다
가슴에서 빛의 분수
뿜어져 오른다

빛의 속도로 달려 온 인생길
해마다 샛하얀 두루마리에
다양한 꿈도 많이 그려보건만
해질 무렵 상처뿐인 고백
부끄러워 몸이 떨린다

세상은 넓어 온갖 역사 펼쳐지고
인간세계 부딪침 너무 많아
가도 가도 현기증이 난다
평화가 그립다

이제 비움의 철학이다
은총의 옷자락 잡고
고향 찾아오는 은어떼처럼
나를 버릴 용기
몸 가벼운 평화로움 그립다

등불 밝히자

얼음장 덮인 세상
칼바람 눈 쌓인 언덕
이리 저리 헤매다가 지친 나그네
멀리 돌아 걸어온 사람 위해
등불 밝히자

별들이 내려와 어둠을 삼키고
빛이 빛을 낳고
소리가 소리를 낳고

아, 늦은 겨울밤 헤매는 나그네
언 손 잡아줄 사람이 그리워
찾아드는 이를 위해 등불을 밝히고

따끈한 차 한잔
함께 나누자
쓸쓸한 이 세상 훈훈하게

미지의 세계로

겨울의 언 땅에도
보이지 않는 생명이 꿈틀거린다
저 광막한 우주의
무한 팽창력처럼
이 땅에 또다시 꿈이 싹 튼다

진통은 생명을 낳고
정성으로 가꾼 시간은 보석이 되고

사랑의 길이었다
소중한 목숨들이 일어서며
무언가 묻고싶은 얼굴로 다가온다

새로움은 언제나 두려운 것
찬란한 햇살에 희망이 어리어
나는 천천히 문을 연다
미지의 세계로 발을 들여놓는다

아직-

살아가는 길
시간은 무한대로 펼쳐져 있지만
내게 주어진 시간은 한정되어 있기에

그중에도 정중하게 서명해서 보내준 책들
사놓고도 그대로 놓아둔 책들
아직이라는 말로 용서받을 수 있을까

눈앞엔 저 푸르른 하늘
풍성한 숲과
향기로운 바람자락 사이로
계절은 덧없이 바뀌어 가는데
희노애락喜怒哀樂 하루하루 달려가면서

읽고 싶은 책들 쌓아놓고
아직- 할일 많은 이 세상
마음이 바쁘다
시간은 기다려주지 않는데

밤하늘에

문득 저 아득한 밤하늘에
신비의 눈길 던진다
부드럽게 흐르는 은하계銀河界에
수천 억 별이 있고
또 그만한 은하계가
우주에 헤아릴 수 없이 많다고 하면
생각할수록 아찔 현기증이 난다
우리는 너무 작은 일에 가슴앓이 하면서
자주 사람끼리 상처를 입고
자주 돌부리에 걸려 넘어지지만
그 많은 별 중에 지구상에 태어나
사랑으로 만난 우리
이게 어디 예삿일인가
이게 어디 예사로운 인연인가
나에겐 그대가 필요하다
시詩가 된 그대
별들이 눈부시다

생각에 잠긴 별

밤이 깊어지면서
더욱 빛나는 별
그러나 오늘은 온몸으로 신음한다
기억의 저편에서 날아오는
지상의 이야기에 생각에 잠긴 별들

멀리서 누군가가 울고 있다
이 세상엔 슬픈 일이 너무 많다고
아픈 사람 배고픈 아이들 억울한 이들
잔혹한 사건들도 끊이지 않는다고

오늘밤 긴 팔을 내려
어깨를 짚어주는 별빛에 기대어
조용히 흐느끼는 이를 보면서
아름다운 초록별 행성 지구
인간세계 고통에 동참하는
위로의 벗이 되고픈 저 별들

언젠가 심은 그 나무

안개 서린 이른 봄날
산길을 걷는다

어느 추억으로도
마음 달랠 길 없을 때
손짓하는 자연의 품

긴 겨울잠에서 깨어나
파랗게 눈 떠가는
숲속에 들어서면

아, 빛나는 몸으로 맞아주는
언젠가 심은 나무
의연하게 자라가는
그 나무

낙엽이 되어

바람결에 날아 온 낙엽
그대 이름 새겨져
부딪쳐 오네

빗살무늬로
내 가슴에 진동하던
그대 목소리
나를 사로잡았던 그대의 눈빛
안개로 사라지는가
소멸하는 물질처럼

헤어짐은 슬프다
이제 우리 곁에 그대는 없고
불 붙던 우리의 사랑 이야기도
전설이 되어가네

낙엽이 되어
발자국 덮어버리네

별과 시詩

밤하늘 별들은 너무 멀구나
찢기는 심정으로 바라보며
"별 하나에 시 별 하나에 어머니, 어머니"하고
소리 죽여 외쳤던 윤동주 시인의 별들
"정다운 너 하나 나 하나
어디서 무엇이 되어 다시 만나랴"던
김광섭 시인의 그리운 별들
오늘 이 가슴 뜨겁게
나를 사로잡고 놓지 않는다
산다는 건 무언가
어디서 와서 어디로 가는가
까마아득하게 세월을 뛰어넘어
우리의 눈맞춤은 그윽하고 슬프다
가고 아니 오는 사람
따라나선 길
오늘밤 별들도 눈물을 흘리고 있다
별이 시가 되어 나에게 기댄다

눈 오는 날은

그날
날개 젖은 천사의 눈물이
내 머리를 적시고
바람 속 눈발이
가벼이 가벼이
내 어깨를 감쌌네

살아가는 길목을 돌고 돌아
발밑에 투신하는
눈을 딛으며
걷고 또 걸었네

아, 오늘은
그대 옷자락에 기대어
음악을 듣고싶고
커피향이 그리워지네
은은한 빛의 물결이

온 세상을 바꾸는
이런 날은

철새처럼

광활한 푸른 바다를 지나
높고 높은 산봉을 지나
줄지어 날아가는 저 철새들

멀리 가는 새는
두려워하지 않는다
부딪쳐 오는 비바람도
바다도 산도 헤쳐 넘는다
굳건한 두 날개로 힘있게

우주가 한 무대로 열리고
갈수록 깊어지는 첨단과학시대
바람보다 더 빠른 변화의 시대에

우리도
의연하게 저 철새처럼
미래를 향해 나아갈 뿐